슬프게도 이게 내 인생 03

SEUL
글그림

DAUM WΞBTOON × 더오리진

CONTENTS

020

get ready with me(1)

난 출근할 때 화장을
전혀 하지 않는다.

끄으윽…

왜냐면 화장할 시간에 더 자야 함

하지만 불과
몇 년 전만 해도
화장을 하지 않으면

밖에 잘 나가기
어려워할 만큼
화장에 집착했었다.

오늘은 화장에 대한 이야기

 슬프게도 이게 내 인생

어렸을 때 나는 엄마가 거울 보고 화장하는 걸 구경하곤 했다.

색 이뿌당

나도 엄마 따라 빨간 립스틱을 발라본 적이 있었고

좋은 냄새 난당

그게 내 인생 첫 화장이었다.

물론 그건 화장이라고 하기엔 그림에 가까웠지만

짜잔! 이제 나도 이쁜 색이양!

그때 처음으로 립스틱은 맛이 없다는 걸 알았고

으웨! 딸기 맛인 줄 알았는뎅!

어린애가 화장품을 바르면 어른한테 혼난다는 걸 알았다.

히히 조커! 엄마! 조커야!

얍!!

윽씰

조커를 좋아했던 영유아

강제 세수 당하면서 엄마가 하는 말에

어휴 이런 건 커서 지겹게 하게 될 텐데!

끄아아앙!! 조커인데!!!

나도 크면 화장을 하게 되겠구나, 막연히 생각했다.

 슬프게도 이게 내 인생

중고딩 땐 종종 렌즈를 끼거나
화장하고 다니는 얘들이 몇몇 있었다.

꼭 그런 애들은
자기 투투라고 이백 원씩
거둬 갔었는데

좀 무서웠던 기억이 난다.

조금 서러움

가방 검사나 용모 검사 있을 때
그런 애들은 선생님한테 탈탈 털렸었는데

그땐 애들이 철이 안 든 거라고
깊게 생각하지 않았다.

수능이 끝나자
애들은 눈을
찢고 오거나
화장에 관해서
이야기하기
시작했다.

수능 고생했다고
엄마가 쌍수시켜줬어

헐 쌍수 해야
눈화장 쉽다는데
나도 할까 봐!

화장 알못이었던 나는

눈화장 하려면
렌즈를 꼭 껴야
하더라

렌즈라...

맞아
끼면 확실히
눈 커짐

친구들 말에
렌즈를 사긴 했는데
렌즈가 비싸다는 걸
그때 처음 알았다.

다 합해서
3만 원 입니다~

애들은 어떻게
이 비싼 걸 주기적으로
사는 거지...?

렌즈를 끼려니까 너무 무섭고 어려워서 30분 동안 개고생을 했었다.

이익 이익!

처음으로 눈깔을 만져본 날이었다.

우여곡절 끝에 한쪽 렌즈를 끼는 것까진 성공했으나

와 대박! 드디어 꼈따ㅜㅜㅜ

왜 눈물이 나지 원래 눈물이 나나ㅜ

눈알은 두 개라는 것을 깨달았을 때 절망감을 느껴야 했다.

안 그래도 거지 같은 세상 두 눈으로 보는 건 사치 아닐까?!!!

 슬프게도 이게 내 인생

그래도 이왕 어렵게 낀 렌즈니
아이라인까지 그려보려 했으나

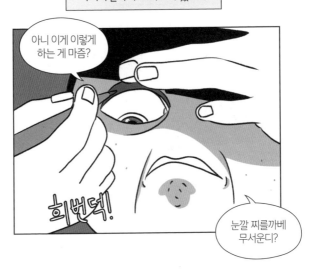

왠지
그리나 마나였다.

속쌍꺼풀의 저주

와중에 그 꼴을 엄마한테 들켜서
등짝을 맞았다.

그 이후로는 화장이란 것을 포기했다.
렌즈 끼는 것부터 너무 어려워서.

슬프게도 이게 내 인생

이런 내가 본격적으로
화장을 공부하기 시작한 것은
대학생 때였다.

대학 가면 여드름
안 난다메…

히히
구라지롱

하얀 거짓말

여드름을 화장으로라도
가려야 될 것 같아 인터넷으로
열심히 찾아 배웠다.

컨실러가 뭐고
파운데이션이 뭐시여…
비비랑 다른 겨?

뷰티 열등생

다행히 유튜브에 화장 튜토리얼
같은 게 많아서 큰 도움이 되었다.

화장하는 법

[꿀팁]대학교 새내기를 위한 메이크업!
화장존잘 · 조회수 210만회

안녕하세요 화장존잘입니다! 오늘은 대학생들을 위한
개강여신 메이크업을 준비...

[Eng]저려미 로드샵 메이크업
귀요미>< · 조회수 145만회

안녕 우리 귀요미 녀러분! 오늘은 많이 요청해주신
로드샵에서 산 저려미...

[10대]선생님한테 안들키는 학생메이크업

짧았던 머리도 그때쯤 기르기 시작한 거 같다.

한번쯤 길러보는 것도 나쁘지 않겠지

머리를 기르고 화장도 하기 시작하니까 주변 사람들이 반응하기 시작했다.

야! 니가 드디어 여자가 됐구나!

뭐임?

맞아 내가 사실 인간이 아니라 감성돔이거든 성별이 바뀌어버렸어

머리 좀 길고 화장 좀 했다고 갑자기 X랄이 떨어졌지 뭐야

 슬프게도 이게 내 인생

너도 화장시켜서 부X 똑 띠줄까?

기분이 썩 좋진 않았지만 농담으로 웃어넘겼다.

으아아 그만해! 도른자야!

중성화

시간이 지나니 어렵던 화장도 나름 익숙해지기 시작했다.

호오 이제 제법 그럴 듯하지 않은가?!

점점 화장하는 시간이 길어졌다.

빡시게 한 시간 동안 풀 메이크업하고 나가면 기분이 좋았다.

화장을 세게 하면 마치 내가
세지는 것 같은 기분도 들었다.

그렇게 화장 특유의 답답한
느낌이 익숙해질 때쯤

주위의 달갑지 않은 소리에도
익숙해져야 했었다.

 슬프게도 이게 내 인생

이젠 맨얼굴로 밖에
나가기 어려워졌다.

내 모습에
자신감을 잃어갔다.

밤새거나 늦잠 자서
수업에 늦어도
피부 화장이랑 눈썹은
꼭 하고 나갔고

집에 와서 화장을 다 지우고 누워도
누가 술이라도 먹자고 부르면

새벽 1시에도 여드름은 다 가리고 나갔다.

가끔 화장을 못 하고 나가면
죄지은 것도 없는데 죄인마냥
바닥만 보고 다녔다.

좀 찾아줄래

 슬프게도 이게 내 인생

다른 사람들이랑
눈 마주치기 싫었다.

흑흑 이것 봐!
하필 여드름이
여기에 나서!

누가 날 저격하고
있는 것 같잖아!

그렇게 말하니까
좀 그렇게 보인다.

다들 내 얼굴을 보고
속으로 날 비웃을 것 같았다.

그런 날은 교수님이나
주변 사람들이 아프냐고 묻곤 했다.

오늘따라
슬이 안색이
안 좋네ㅋ

아파 보인다~

틴트를 안 발라 입술이
빨갛지 않다는 이유로

하지만
그냥 웃고 넘겼다.

근 10년간 몸 상태가
가장 좋아서 교문부터
전공 건물까지
뛰어왔는데요

ㅋㅋㅋㅋㅋ
ㅋㅋㅋㅋㅋ

ㅋㅋㅋㅋㅋ
ㅋㅋㅋㅋ

맨얼굴을 예의 안 차리고 나왔다고
농담처럼 말하곤 했으니까.
비슷한 맥락이겠거니 싶었다.

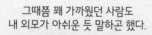

그때쯤 꽤 가까웠던 사람도
내 외모가 아쉬운 듯 말하곤 했다.

넌 진짜
여드름만 없으면
예쁠 얼굴인데….

내가 화장을 안 하면, 외모 관리를 안 하면
멀어질 것 같아 불안해졌다.

왜 날 빡치게 하지?

화장품이
늘어갈수록

거울 보는 시간이
늘어갈수록

나와 나 사이에
거리가 생겼고
난 그 괴리만큼 괴로웠다.

화장 안 한 내 얼굴을
부정하기 시작했고

진짜 내 얼굴을 잃은 채

시간은 흘러
사회에 나가게 되었다.

get ready with me(2)

처음 광고회사를 가게 됐을 땐
체력적으로 너무 힘들어서

*머리는 안 어울려서 잘랐다

…심장이 뛰고
있는 것만 해도
기적이야

화장이고 나발이고
신경 쓸 수가 없었다.

파들   파들

생존이 더 급했다

두 번째 회사를 다닐 때는
다들 잔뜩 꾸미고 다녀서

화장도 다들 잘하시고
옷도 잘 입으시네
역시 디자이너라 그런가

본인도 디자이너라는 걸 망각

왜인지 나도 저렇게 하고
다녀야 할 것 같은 느낌이 들었다.

나도 나름 열심히
하고 온 건데…
옷을 더 사야 하나?

쭈욱

셔츠 입으면 멋쟁인 줄 아는 사람

원래 모습

난 눈이 나빠서
안경 쓰는 게 편한데
안경 쓰는 사람이
한 명도 없었다.

저 사람도 원래
안경 쓰는데
렌즈 끼나 보네…

아니 왜 옷이
다 똑같은 거밖에 없냐!

그래서
아침마다
옷을 고르고

후드 성애자의 고충

눈뜬 지 얼마 안 돼서
건조한 눈에 렌즈를 끼고

화장을 하고

그렇게 어찌어찌 준비하고 나오면
지각할까 봐 맨날 뛰어야 했다.

지각..
했다고?

지각하면
시말서! 시말서!

빛을 발하는 탐스러운 종아리

오줌 싸기
빡센 타임이여

회사에선 종종
여자 화장실이 붐빈다.
수정 화장을 하기 위해서.

물론 나도 화장을 고치기 위해
가방에 파우치를 넣고 다녔다.

그것은 은근 무겁고
거슬렸지만 곧 익숙해졌다.

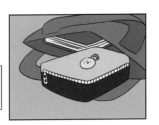

야근이라도 하는 날에는
늦게까지 지우지 못한
화장 때문에 얼굴이 가려웠고

으…
피곤해

가려워도 못 긁음
손톱으로 콕콕 찍어줘야 됨

자정이 넘어 집에 와서
화장을 지우면 안 그래도
안 좋은 피부가 더 악화되었다.

…어쩐지
볼따구가
가렵더라니

뜻밖의 콜라보

그러고 나면
곧 출근이라 몇 시간 뒤에는
화장을 또 해야 했다.

오늘은
5시간밖에
못 자네…

피곤!

그래도 해야 했다. 안 그래도 구박받는데
화장이라도 안 하고 가면 또 개소리 들을까 봐

그 꼰대 자식이
아무 말 안 하고
지나갈 리 없어…

숭이 씨 이제 좀
편해졌나 봐?
대충 다니네~

시비 털 껀덕지를 없애버려야지

지금 회사에
다니게 되었을 때도
화장을 하고 다녔다.

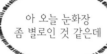
아 오늘 눈화장
좀 별로인 것 같은데

에이씨
왜 하필 속쌍에
짝눈이어서

당연한 일이라고
생각했다.

나도 쌍수 할까….

움찔!

칼로 째버리면
시원하려나….

누굴 칼로
째버린다는 걸까!

살인 예고

아씨 화장
다 번졌네…

한번 싹
고쳐야지

하지만
시간이 지날수록

현타가 찾아왔고
생각이 많아지고
피곤해졌다.

근데 여기 사람들은
면도도 안 하고 오는데…

여드름만 안 났어도…
안 해도 됐을지도

외모 콤플렉스로 스스로를
더 괴롭히고 힘들게 했다.

화장하기 싫어
힘들고 아프고 귀찮아

못생겼다고
무시당하긴 싫어

하지만 안 하면
너무 못생겼는걸

위축되기 싫어

외모 콤플렉스를 이기기 위해
방법을 찾아봤지만

작은 눈도
이뻐!

안면 비대칭도
이뻐!

피부가 안 좋고
턱이 튀어나와도
넌 이쁘단다!

넌 존재 자체로
아름다워!

안 이쁜 걸 이쁘다고
생각하라는 게 납득이 안됐다.

아니 누가 봐도 구린 걸
이쁘다고 어케 해

진짜 못생긴 애한테
이쁘다고 하면
더 상처받는 거 모르지?

너 친구 없어서
그런 것도 몰랐지? 어?

인지 부조화

그러던 어느 날
우연히 넷플릭스를 뒤지다
한 스탠딩 코미디를 보게 되었는데

그 사람은 화장도, 머리를 기르지도,
치마를 입지도 않았지만
당당하고 멋있었다.

내 심장을 그냥 주고 싶고
인생을 걸고 싶고

TV만 틀면 나오던
풀 세팅에 마르고 모델 같은
사람이 아니라

그냥 평범한 얼굴과
체격의 사람이었다.

항상 예쁜 모델의 겉모습만 부러워했었는데
평범한 사람의 애티튜드와 능력을
닮고 싶다고 느낀 건 처음이었다.

나도 저렇게
유잼 인간이었으면
좋겠다….

그럼 내 만화가 더 재밌을 텐데!

그날 이후 외모에 대한 책을
찾아 보고는 생각이 많아졌다.

제일 짜증 나는 부분

슬프게도 이게 내 인생

내가 꾸미지 않는다고 해서
내 손을 빠져나가는 것들을

구태여 쥐고 있을
필요가 있을까?

진짜 소중한 것들은 내가 어떠한 모습이건
옆에 있어 줄 거란 생각이 들었다.

괜찮아
나는 웅이만
있으면 돼!

그건 쟤 입장도 들어봐야 한다

오히려 겉모습을
두껍게 쌓아봤자
더 많은 시선과 평가의
선택지를 줄 뿐이고

외모로 무엇인가 얻으려고 했던 건
그때 그 아이들 같은 어린 생각일 것이다.

이백 원 안 내냐?
진따 새끼야?

기억 왜곡

난 이뻐 보이기 위해
노력하던 것들을
조금씩 놓아주었다.

겨우
그런 가치라면
놓아버리자.

 슬프게도 이게 내 인생

렌즈 대신 안경을 쓰고
여드름을 가리려고 용쓰지 않았다.

한 달에 화장을 하는 날이
거의 없을 정도로

맨얼굴로
강남을
활보한다넹~

맨얼굴로 출근하고
퇴근하고 휴일을 보냈다.

화장에 들이던 에너지와 시간을 다른 곳에 썼다.
더 휴식을 취하거나 내가 좋아하는 일을 했다.

대부분 잠을 잤지만

내 눈은 크건 작건
앞을 볼 수 있으면 됐고

코는 버선코 건 복코 건
숨만 잘 쉬면 되고

입술은 색이 어떻건
뭔갈 먹을 수 있으면 된다.

이쁠 필요가 없다
난 장식품이 아니니까.

하지만 슬이 피규어라면 좀 갖고 싶습니다

이제 보니 얼굴이 문제가 아니라
거북목이 더 시급하구만 이 기세라면
내일 바다로 들어가도 되겠어

구부정

이쁠 필요가 없다고
생각하고 나니
부정했던 내 얼굴이
뚜렷하게 보였다.

 슬프게도 이게 내 인생

난 운이 좋았다.
화장을 안 하고 출근해도
회사 사람들이 간섭하지 않았다.

표정으로 협박하고 있었음

물론 헛소리를 하는
사람도 있었지만
이젠 나에게 별로
중요한 문제가 아니었다.

츤데레

내가 일하면서
마주해야 하는 건
모니터뿐이기 때문에
더 쉬웠던 것 같다.

컴퓨터가 화장 안 했다고
컴플레인 걸진 않으니까.

내가 만약 서비스업에 종사하는 사람이면
화장 강박에서 벗어날 수 없었을 것이다.

너무 많은 사람들이 화장한 얼굴을
서비스 태도로 인식하고 있으니까.

그래도 용기를 내는 사람들 덕분에
조금씩 변화하고 있다.

슬프게도 이게 내 인생

내가 무심코 본 한 희극인의
스탠딩 코미디를 보고
힘을 얻은 것처럼

친구… 우리 양치랑 세수하고
깨끗한 옷 입었음 됐잖슈

많이 부족하지만
이런 내 모습도 누군가에게
힘이 됐으면 좋겠다.

이러지 말고 나가서
맥모닝이나 한 세트 때립시다

서로의 모습이 서로에게 힘이 돼주었으면.

맥모닝 좋와!

겟레디윗미 시리즈는
최고로 힘든 시리즈 중 한 개였다.

당시 이런 문제는 예민했기 때문에
어떻게 다뤄야 할지 고민을 많이 했었다.

주변에 실제로 꾸밈 노동에 대해
힘들어하는 사람도 많았고

아니, 남자 스탭들은
세수만 잘하고 머리만
단정히 하면 되는데

여자 스탭은
풀메 안 하면 벌점
먹는다니까?

사회 초년생이라는 타이틀을 걸고 있으니
꼭 다뤄보고 싶은 주제여서
열심히 작업했는데

스스로의 부족함만 깨달았다.

그래도 다뤄봤으니 됐다!

못난 작가입니다

022

노예가 되어버린 와니(1)

와니는 같은 과 선배로 알게 된 사이였다.

안녕! 난 와니야 모션 스터디 하러 온 애들이지?

와! 복학생 냄새!

하하 솔직한 녀석이로구나

그는 영상 디자인 수업 담당이었던 교수 대신 수업을 진행할 정도로 영상을 잘했다.

여기서 이케저케 하면….

이해도 0%

데자뷔

끓어오르는 물욕

현재 이런 몰골이 될 줄은

상상도 하지 못했다.

영혼 가출

그는 졸업 전시가 끝나자마자 빠르게 포트폴리오를 준비하고

발 바쁘게 이력서를 넣고 면접을 다니며 취직 준비를 착착해나가더니

어느새 합격 소식을 들고 왔다.

하지만
합격에도
불구하고 그는
고민이 많았는데

남의 일이라고
썩은 조언을
해버리고 말았다.

라고 백수가 말했습니다

슬프게도 이게 내 인생

간을 1년이나 보면 메주도 쑤겠다

결국 그는 첫 출근을 하게 되었는데

다니고 있는 대리의
상태가 안 좋아 보였다.

저승 소개겠지!

여기서 그는
1차 쎄함을
느끼게 된다.

헬조선 패치 예토전생

1팀 팀장
통칭_독두꺼비

2팀 팀장
통칭_빡돼지

3팀 팀장
통칭_변태

 슬프게도 이게 내 인생

왜인지 모르는 긴장감

빠져나오는 안도의 한숨

2차 쎄함

슬프게도 이게 내 인생

3차 쎄함

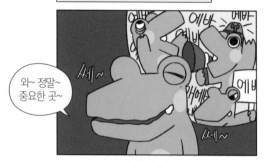

난리 난 머릿속

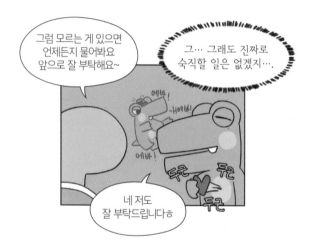

특유의 긍정적인 마인드로
마음의 소리를 묻어버렸다.

향수병 걸릴 지경

일은 상상 이상으로 많고
일정은 매일 꼬였다.

A프젝은 월요일 11시까지
B프젝도 월요일 3시까지
보내줘야 돼!

오늘...!
금요일인데!

그리고 당연한
주말 근무.

이젠 놀랍지도 않아

야! 너 회사에서
실내화로 삼선을 신으면
어떻게 해!

회사 규칙은
꼰대스러운 것들이
많았다.

네? 그럼 어떤 걸
신으면 될까요??

슬프게도 이게 내 인생

뭐야 사주든가

그리고 무엇보다
첫인상이 비교적
괜찮아 보였던 팀장이

'2D팀의 지능2'라는
별명을 가지고 있다는 걸 안 것은
조금 나중의 일이었다.

023

노예가 되어버린 와니(2)

힘들기로 유명한 회사에 입사한 와니.
그는 잘 버틸 수 있을까?

왜 슬픈 예감은 틀린 적이 없나

어제 늦게까지
작업하느라 수고했다

얼른 들어가 나머지는
나 혼자서도 할 수 있어

1팀 팀장님은
전형적인 기분파라
기분이 좋을 때는
조기 퇴근도
때려주지만

헉 정말
들어가도 돼요?

집에 가라는 말이 놀라운 흔한 광고인

슬프게도 이게 내 인생

야! 우리 방이 언제부터 커튼을 이 정도까지 쳤냐?

느게?

기분이 좋지 않을 때는 사소한 것까지 트집 잡아 갈군다.

좀 더 활짝 열어야지!! 그래야 햇빛도 들어오지!!

해님은 퇴근하셨는데요

비타민D는 사서 드세요

내가 커피 책상 위에 두지 말랬지….

그럼 커피를 공중에 띄워놓을까요

스칼렛 위치라면 그렇게 할 텐데

2팀 팀장님은
출중한 실력을 가진
사람이었지만

야야 이타치가
왜 강한 줄 아냐?

아… 네?

타… 탈주 닌자여서요…?

그렇지?!!

아랫사람에게 일을 던지고
도망가기 일쑤였다.

숨바꼭질 절망편

그래서 항상 밑에 직원이 팀장을 찾아
회사를 돌아다니는 기이한 모습을 보여주곤 했다.

육체미 소동

지금 시간 11:00am

지금…요?

네 지금

출근 시간 10:00am

우리 팀장은 시간여행자!

회사생활이 힘들지만 같은 형편에 있는
사원들끼리 힘이 되어주곤 한다.

그래도 저 팀보단
우리 팀이 행복한 편이구나!

서로의 불행이 힘이 된다

와니는 사실
일이 많은 건 두렵지 않았다.

손이 빨라 무슨 일이 주어지든
금방 처리할 수 있었다.

하지만 혼자서 열심히 한다고 한들
집에 갈 수 있는 건 아니었다.

3시에 온다고 했던 클라이언트가

퇴근 시간이 되어도 안 오는 상황!!

작업할 소스가 안 넘어오는 상황!

렌더링이 끝날 기미가
안 보이는 상황!

슬프게도 이게 내 인생

그리고

팀장이 일을 안 하는 상황!!!

열심히 일하는 사람 기분 잡치게
쉴 새 없이 일하기 싫다고 말하고 있다.

어차피 해야 하는 일이고
일을 끝마쳐야 집에 갈 수 있는데,

저 사람은 일할 생각이 전혀 없어 보인다.

슬프게도 이게 내 인생

따기 힘든 열매일수록 더 달콤한 법!

하지만 그는 오늘도 집에 못 갔다.

주말은 지하철이 한 시간 더 일찍 끊긴다는 걸
일을 다 끝마치고 나서야 알았기 때문이다.

몰랐는데 다른 사원들이 팀장을
부르는 애칭이 있는 모양이었다.

역시 점심은 제육덮밥!

그렇게
찝찝한 상태로
돌아왔다.

상공 100km까지 느껴질 구린내

하지만 어떻게 일개 사원이
팀장 면전에 당신 작업이 구리다고
할 수 있겠는가.

아뇨 제 눈에도
갓-벽하십니다

그치!?
걔네들 눈이
이상하지?

네 어휴 정말 고생이십니다
그냥 해달라는 대로 좀만 더
손봐주시고 말아버리죠~

사회성 +50

몇 시간 뒤

와니야 거 아까 그거
수정 다했다고
한번 봐 보라 그래!

네!

알고 보니 팀장은 두 가지 사항
이상을 기억하지 못하는 것이었다.

모든 수수께끼는 풀렸다!

 슬프게도 이게 내 인생

팀장님 수정 요청이
제대로 반영 안 돼 있다고….

뭐!

해달라는 거 다 했는데
왜 또 그래! 일 똑바로 안 해?

뺴에에에엑!!

니가 똑바로
안 해서 그렇잖아!

클라와 팀장
사이에서
욕받이를 하려니
너무 억울했다.

제발 니들끼리 갠톡하세요!!!!

이런 팀장 밑에서 매일 집에
가기 위한 사투를 벌인 지 3개월 뒤

만렙 전사가 되어버렸다.

슬프게도 이게 내 인생

024

노예가 되어버린 와니(3)

그때 갑작스러운 방문!

다들 고생이 많아~

아이고 이사님께서 여기까지 어쩐 일이십니까?

이 친구를 보러 왔지

자네가 일을 참 잘한다면서~

허어

아… 아닙니다ㅎ

귀소본능이 강했을 뿐

사형선고에 썩은 동아줄이라도 잡아봤지만

내적 오열

뭐 오늘도
조금 지겹지만
불쌍한 와니의
마지막 이야기

차라리
죽여달라!!!

이 일도
네가 해!!

저 일도!!!

그렇게 불려온
와니는 이사님께
이리저리 휘둘렸는데

일 잘하는 놈 일 하나 더 준다

다!!! 했습니다!

뭐든 열심히 하는
성격 탓에 주는 일
전부 다 완벽하게
끝내버렸다.

**이 맛에 조상님들은
종놈을 쓰셨구나!**

온고지신

슬프게도 이게 내 인생

극한 상황에 치달으니
스스로의 능력을 원망하게 되었다.

나는 왜!!!!!
일을 너무 잘하는 거야!!

미워 멋진 나!!!

이사님 일을 도와준 이후 이상하게
여기저기 다른 팀에 불려 가기 시작했는데

저기
와니 있나요?

와니
빌려주세요

와니
빌려 감.

앗!

심지어는
누가 빌리러
왔다가

저… 지금
와니 있나요?

이미 빌려 가서
빈손으로 간
일도 있었다.

지금 1팀이
빌려 갔는데
대기하실?

와나웨딩

1팀 독두꺼비

쳇! 재빠른 1팀 놈들!

여기가 노동 맛집

그렇다 보니 와니는
자기 팀에 일이 많건 적건
다른 팀도 도와주느라
항상 바빴고

손님 이게 요즘
없어서 못 파는 거여

한 개
줘보슈

WANI

베스트셀러

슬프게도 이게 내 인생

다른 팀 도와주느라
겨우 잠들었다가

숙직의 좋은 점!
출근을 안 해도 된다!!

왜냐면 퇴근을
안 했으니까!!!!!

미쳐가는 중

또 다른 팀을 도와주기 위해서
새벽에 겨우 붙인 눈을 뜬 적도 있었다.

일어나세요
용사여…!

이제 우리 팀
도와줘야지…!

과로사한 용사

뚯밖의 자기성찰

기계도 쉬는 시간이 있는데

슬프게도 이게 내 인생

[리빙포인트] 회사생활을 잘하려면

일을 너무 잘하지도
못하지도 말아라

일 잘하면 잘한다고
일 많이 주고

못하면 못한다고
욕바가지로 먹음

그래서 회사에서
좋은 이유든 나쁜 이유든
눈에 띄면 좋지 않다.

보통
이 정도쯤 되면
그만둘 텐데

아니 지옥불도
정도가 있어야지 퉤

퉤

사탄도 손절할 온도

이 자는 쓸데없는 오기가 생겨버렸다.

꼭 짱이 돼야지
꼭 짱이 되어서
다 패버릴 거야

뒤틀려버린 내면

또 업계의 악명이 자자하다 보니
이력에 넣으면 다음 이직할 때
도움이 될 것 같았다.

와 이런 곳에서
1년을 버티셨어요?

넹ㅎㅎ

끈기 있다고
생각하겠지? ㅎ

아님

그때 광고회사의 맛을 본
주변인들이 극구 말렸음에도 불구하고

얘도 광고 회사 다닐 때

몰랐다! 몰랐다!
광고회사 이렇게
ㅈ 같을지 몰랐다!!

그만둬라!!
악마 같은 곳! 죽는다!
목숨 잃는다 너!!

썩은 조언을 한
벌을 받는 중

슬프게도 이게 내 인생

그건 2년

죽음으로 버틴다

자신의 작업물이 티브이나
영화관 광고에 나오는 것과

오 저거
내가 작업한
광고얏

광고주가
아재개그
좋아해

와 카피는
왜 저래

취존 못 해

하하 근데 모델 엉덩이
내가 다 만진 거다?

뭐야 왜 너만 만져

슬프게도 이게 내 인생

빠치게 하는
팀장을

이 오프닝은
B안이 좋네
이걸로 가지

실력으로 찍어 눌러버리는 게
짜릿해서 버틸 만했다고 한다.

낄낄 내게 팔렸지
지능2 빡대가리~

**회사 다니면서
인성도 배려버림**

이거 여러 의미로
변태 새끼 아니야?

낄낄!

가끔 걱정된다

그 당시 와니와 대부분의 지인들 회사가
상당히 가까운 곳에 밀집되어 있었다.

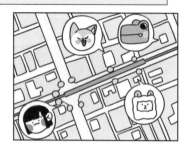

그래서 종종
점심을 같이 먹거나
우연히 길 가다가 볼 정도로
회사가 가까웠는데

와 오랜만이다
지금 퇴근해?

가끔 어두운 얼굴로
까만 비닐봉지를
들고 다니는 와니를
목격할 수 있었다.

우웅
어제 철야해서

셰프님 여기 에스카르고가 팍 상해부렀쓰

그래서 저녁 약속으로 만날 때 양말로 놀리곤 했다.

하잉

오늘은 깜장 봉다리 안 가져왔댁ㅋㅋ

ㅋㅋㅋㅋㅋ 여기 숙성 에스카르고 좀 주세요

옛다.

어 뭐야?

생리대임?

오버나이트?

썩은 양말이다

양말이다

이게 숙직의 향기이다

 슬프게도 이게 내 인생

그렇게 그는
1년 내내 달팽이를 만들며
회사에서 열심히 일을 했고

이사한테 넌 이제 이 회사의
중요한 존재라는 소리를 들을 때 즈음

퇴死

슬프게도 이게 내 인생

퇴사에 성공하긴 했지만
몸과 마음이 너덜너덜해졌다는

"쓰레기 같은 곳을 다니면
네 몸이 쓰레기가 된다."

-와니-

펄썩

와니의 아픈 사회 초년의 이야기였다.

3팀 팀장님 변태의 경우는

관련된 에피소드들이

만화에 실을 수 없을 만큼

역겨워서 제외해버렸습니다.

그 새끼는 만화보단 감방이 먼저다.

025

딴짓을 하자

증거 인멸

공복셉션

언뜻 보면 일이 없는 게
많은 것보다 좋아 보이지만

뭐야
돌려줘요

6시간 동안 같은 자세로
앉아만 있어 그대로 굳어버리고
만 것입니다!!

오히려 일 없는데
가만히 앉아 있는 짓이
더 괴로울 때가 있다.

집에
가고
싶다.

오늘은
회사에서
일이 없을 때
살아남는 이야기

오늘만큼 간절할 수가 없어

출근한 지 1시간이 지났는데

이상하다

출근해서
책상도 치우고
컵에 물도 따라왔는데

아무도 나에게
일을 주지 않는다.

일을 왜
안 주지

놀라울 정도로 관심을 주지 않는다

스스로 매를 맞으러 가도

제가 오늘
할 일이 있나요?

오늘은…
음…

UI 디자이너
*PM도 겸하는 중

*Project Manager

슬프게도 이게 내 인생

딱히 할 일이 없을 때가 드물게 있는데

쉬라는 겨 말라는 겨

쉬라고 해도
딱히 반갑지는 않은 게

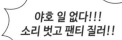

고용주 앞에서 편하게 쉴 순 없기 때문이다.

다 좋은데… 자네만 없으면 좋겠군

저거 저걸 내다 버리던가 해야지

즉 일이 없지만 일을 하는 척 시간을 보내게 되는데

혼신의 힘을 다한 일하는 표정 연기

그럴 때 꼭 저주에 걸리게 된다.

억겁의 오후(시간의 저주)
2700

+시간 속도 50% 감소
+확률적으로 잠듦 효과

지속효과 :
점심시간 이후 시간의 흐름이 50% 감소하게 된다.
시간을 확인할수록 추가적으로 속도가 10%씩 감소된다.

슬프게도 이게 내 인생

신입 사원일 경우 특히나 일이 없는데
뭐라도 해야 할 것 같은 부담감 때문에
시간이 더욱 느리게 느껴진다.

쓰레기는 쓰레기통에

나의 경우 신입이었을 때는
회사 사람들 이름이랑 얼굴을 외우거나

신입 사원의 흔한 실수

프로젝트 열람 권한이 있는 경우
회사에서 했던 작업물을 구경하거나

단점 퇴사하고 싶어짐

디자인 사이트 돌면서
맘에 드는 건 저장해놓곤 했다.

욕망 가득한 리서치

슬프게도 이게 내 인생

괜히 책상에 있는 달력으로 1년 치 연차 계획도 세워봤다가

세상에서 제일 의미 없는 짓

메모장을 켜서 타자 소리를 연출하기도 하고

드래곤 퀘스트

화장실로 도피하기도 한다.

단점 화장실만 10번 가게 됨

혹 사무실에
음악을 틀어놓는 곳이라면

아니
이 노래는…!

마인드 혼코노로
떠날 수도 있다.

내 노래잖아!!

내적 열창

하지만 실컷 딴짓했다고
생각하고 시계를 보면

거의
5만 원어치
쓴 거 같아

지금쯤이면
시간이 꽤
지나지 않았을까?

꼭 얼마
안 지나 있다.

저주 효과: 시간을 확인할수록
추가적으로 속도가 10%씩 감소

겨우 10분

그러다 뉴비를 벗어나 회사에 익숙해지면
본격적으로 딴짓을 할 수 있게 된다.

후후 닥눈삼
완료했다구웃!

*닥치고 눈팅 삼 개월

한쪽에는 전에 했던 프로젝트 파일
반대쪽에는 리서치하는 사이트와
사내 메신저를 베이스로 깔아준 다음

전에 하던 프로젝트 파일　리서치 사이트

사내 메신저

새 창을 열어 깨작깨작
딴짓을 시작하는데

여기서 새 창의 크기로
두 타입을 나눌 수 있다.

스릴 만점
큰 게 좋다!
난 당당하다!

단점
들킬 확률이 높음

대범한 타입

여차하면 상체로
가릴 수 있는
콤팩트한 크기

단점
들키면 작게 만든
화면 창 크기만큼
수치스러움

쫄보 타입

슬프게도 이게 내 인생

이렇게 딴짓을 할 때 뒤에 누가 지나가면

그간 살아온
몰컴의 경험을 살려

유구한 딴짓의 역사

조용하지만 빠른
알트 탭으로

Alt-Tab

베이스로
깔아놨던
화면으로
돌려놓는다.

요오즘
트렌드가~

아무렇지 않은 척

핸드폰 하고 싶은데
화장실을 너무 자주 가서
눈치 보인다 싶으면

한 번만 더 가면
변비라고
생각할지도 몰라

오늘 저녁은
녹두전을
해 먹을까

당사자는 별생각 없음

슬프게도 이게 내 인생

직종을 이용하도록 한다.

*test phone: 애플리케이션 테스트를 위해
회사에서 제공하는 테스트 전용 스마트폰

테스트폰으로 SNS의 세계에 몸을 맡기되
표정은 앱 테스트하는 척 진지하게.

종종 미간에 주름을 잡고
노트에 뭔갈 끄적거려주면 좋다.

그러다 웃긴 거라도 보면

기침하는 척이나 하품하는 척해서
자연스럽게 넘어가도록 하자.

이미 들킴

어느새 웹툰도 다 보고 SNS
새로고침 해도 뉴 피드가 뜨지 않을 때

후후
웹툰 다시 보기도
정주행해버렸구먼

아주
흐뭇하구….

맑…

잠이 온다.

탁!

이제 나 자신과의 싸움

우으으…

휘청

휘청

이때 아무리
정신을 차리려고
노력을 해봐도
잠이 안 깨고

얘는
회사 왜 올까

121

끝없는 수마에
빠질 경우엔

서울 부동산 시세를 보면 잠이 깬다.

예절교육 해주고 싶어

구린 내 집을 어떻게든 더 낫게 만들려고 노력해보지만

좋아 더 좋은 집으로 이사를 가지 못할 거라면

집 가구를 옮겨서 분위기라도 바꿔보자

붇끈.

실패한다.

침대부터 움직일 수가 없다.

심즈였으면 갇혀서 굶어 죽었을 거야

결론적으론 착잡해져서 차가운 현실로 돌아오게 된다.

난… 진짜로… 돈이 없구나….

내가 혼모노다

사실 이럴 시간에
개인 작업을 하거나 책을 읽어서
더 나은 사람이 될 수 있지 않을까?

내가 그럴 인간이었으면
이런 회사 안 다녔겠지
아직도 나를 그렇게 몰라

적반하장

그렇게 버팅기다
시간이 되어 퇴근을 하면

후
오늘 하루도
열심히…

슬프게도 이게 내 인생

나 자신을 반성하는 것으로
하루를 마무리하게 된다.

오늘도 징하다 나 새끼!

25화 ✖ 비하인드 스토리

처음에 딴짓할 때는
다른 사람 눈치가 보였지만

무아지경으로 함

모두 딴짓을 하고 있어서 마음이 편해졌다.

이 회사는 어떻게 아직도 안 망했을까

026

마케팅의 제이 씨!

이 회사는 대표가
큰 트롤 짓을 하고 있긴 하지만

같이 일하는 사원들은
이렇다 할 문제없이 잘 지내고 있다.

대표 똥 치우느라 깊어진 유대

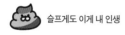
슬프게도 이게 내 인생

디자인/전직원/서울/2018

★★★★★ "체계가 1도 없고 대표가 독단으로 모든 걸 결정하는 최악의 회사"

장점
대표가 일할 줄은 모르나 사람 보는 눈이 있어 사람들이 좋다. 전체적으로 20대 중반에서 30대 초반으로 사내 분위기가 젊다.

단점
그 좋은 사내 분위기를 한 명이 다 흐려놓는다. 근데 그 한 명이 여포 수준이다 감당 불가다.

이 회사를 추천하지 않습니다

실제로 취업 사이트에
이 회사의 장점이
사원들이라고 등록될 만큼
사내 분위기가 좋은 편인데

어느 날 한 사람이 입사하게 되면서 잔잔했던
회사 분위기에 작은 파동이 일어나게 된다.

이 친구는
오늘부터 우리 회사
마케팅을 맡게 된

오늘은 마케팅
제이 씨에 대한 이야기.

제이입니다!
앞으로 잘
부탁드립니다~

초반 제이 씨의 인상은 좋았다.

사람이
잘 웃고
활발하시네

성격 좋으신
분인가 보다!

이게 대표님이
기획 중이라던 스티커구나!
슬이 씨가 작업하신 거예요?

네… 아직
작업 중인 것입니다

아~

개*짜치네요ㅋ

*짜치다_어떤 이의 행동이나 결과물이 모자람이 있음

슬프게도 이게 내 인생

제 작업물이 개짜치다고요??
말을 똑바로 해야 할 것입니다

초면에 폭력을
행사할 뻔했다.

내 새끼 내가 깔 순 있지만
다른 사람이 까면 정강이를
까버리고 싶어집니다

아이고 아니요!!
슬이 님 작업물 말고요!!

대표님 기획이
짜치다구요!!

부들

부들

오해이긴 했지만
대화에서 쎄함을 느껴
거리를 두기로 했다.

선을 넘지 마십시오.
저는 당신의 친구가 아닙니다.
예의를 지켜주세요.

네… 네….

라고 초면에 멱살 잡은 사람이 말했다

까륵 깨륵!!!

까륵 깨륵!!!

끔찍한 하모니다.

제이 씨는 대표와 유독 가깝게 지냈다. 단둘이 이야기도 많이 하고

아이고 지당하신 말씀입니다! 대표님 말이 다 맞습니다!

회의할 때는 대표가 어떤 말을 하던 무조건 맞장구를 쳐줬다.

꼴 보기가 싫었다.

똥꼬 X나게 빨고 있네….

얼씨구 저러다 둘이 방도 잡겠어

하지만 곧 제이 씨에게 미안해졌다.
내 비관적인 마음이 그를 부정적으로
판단하는 것 같았기 때문이다.

저는 잠깐 거래처
만나고 올게요~

다녀오세요~

앗! 나도 모르게
제이 씨를 안 좋게
보고 있었어!

아직 잘 알지도
못하면서! 속단!

아 시X 대표 새끼*&@$%^
드디어 나갔네 ^&*새키

J나#%*&^@%새끼
지가 대표면 다냐 칵퉤

우디르급 태세 전환

내 사람 보는 눈은
정확하지

내 눈은
먼지 한 톨 묻지 않은
투리구슬이었구나.

제이 씨는 말이 많았다.

아니 글쎄 제가요~~~
원래는 몸이 엄청 좋았거든요.

몸만은
쎄끈빠끈이였거든요?

안 궁금해!

네 몸땡이
1도 안 궁금해!

이어폰을 뚫고 들어오는 쎄끈빠끈

근데 요즘 일을
너무 열심히 하다 보니 집에 가면
늦게 저녁을 먹게 되고

그게 야식이 되고
그러다 보니 몸이 망가져 버린
거예요

이럴 땐 뛰어난 상상력이 원망스럽다

그의 TMI 쇼는
여기서 끝나지 않았다.

요즘 잘 돼가는
썸녀가 있는데
곧 고백하려고요ㅎ

근데
걱정되는 게
있는데…

그분이 아이가
있더라구요….

tmi가 적도를 넘어버렸다

하지만
저는 그 아이까지
사랑할 수 있어요!

기도로 넘어오는 그의 사랑

옆자리에 앉은 분은 거의 울기 직전이었다.

결국 누군가의
건의로 그의 폭주는
조금 잠잠해졌다.

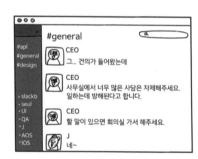

네~라고 대답하는 게 가증스럽다

슬프게도 이게 내 인생

제이 씨는 애교쟁이었다.

얼마나 애교가 많은지 스스로를
3인칭으로 부르는 경지에까지 이르렀는데

제이는
오늘 점심 안 먹어용
다이어트 하려구용ㅎ

그딴 애교
네 애인 앞에서 해

가만 안 둬 진짜

어느 날은 제이 씨와 회의를 하다가
그의 애교가 도를 지나친 적이 있었다.

아고!
잘못 썼다!

그날 이후로 제이 씨랑
한 발자국 더 멀어졌다.

 슬프게도 이게 내 인생

제이 씨는 뭐라 말로
형용할 수 없는 사람이었다.

아~ 방금 왔던 투자자는
완전 별로였던 거임~

와. 현실에서
음슴체 쓴다.
그것도 대표한테.

그가 말하는 걸 귀 기울여 들어보면
가끔 그리운 추억이 생각나기도 하고

완전 즐~
낄낄낄낄~

즐이랜다 즐

저러다 곧 있으면
방가방가 하고
인사하겠네

2000년대로 돌아간 줄

부끄러웠던 과거를
반성하게 되기도 한다.

그렇구나 이래서
독자 님들이 일본어 쓰는 걸
싫어하셨구나!

〈펄-럭〉

반성!

죄송합니다…!
앞으로는 이 만화에
태극기만 펄럭이도록
하겠습니다!

크나큰 뉘우침

하지만 제이 씨는 마음만은
따스한 사람이다.

아얏!

펄

무슨 일이에요?

아니 의자에 앉았는데
다리가 따가워서….

삐익-

뭐지?

143

왠진 모르겠지만 엄청 큰 벌이
내 의자에 붙어 있었다.

의자에 앉으면서 그 벌에게 물려
발이 도라에몽 발처럼 부어 있었고

슬프게도 이게 내 인생

갑작스러운 왕벌의 공격에
패닉인 나를 대신해서

슬이 님,
정신 차리세요!!

ㅇ…왕 크니까
왕 아프다….

혼절

제이 씨는
벌도 잡아주고
병원도 알아봐 주고
병원으로 갈 택시까지
불러주었다.

덕분에 병원에 가서 무사히 치료를
받을 수 있었고 그를 다시 보게 되었다.

고마워요…,
앞으로는
잘해줄게요ㅠ

영수증 꼭
챙기셔야 해요!!!

산재 처리도 잊지 않았다

다음 날, 전체 회의 시간

저 드디어
여자친구 생겼어요!!!

슬프게도 이게 내 인생

오늘도 별 탈 없이 하루가 흘러간다!

제발 때와 장소 좀 가려주라!

사실 제이 씨가 항상 대표 가까이서
수발을 들었기 때문에 제일 힘들었을 거다.

둘이 맨날 붙어있음

대표는 자기가 영어를 얼마나
잘하는지 자랑하곤 했는데

막상 해외 투자자랑 회의할 때는
제이 씨가 다 한다고 했다.

지금 어디서 뭐 하시는지 모르겠지만
행복하셨으면 좋겠다.

어지러워요

난 이래 봐도
빈혈이 있다.

뭐씨 몸땡이는 가냘프지 않지만
적혈구라도 날씬하면 된 거 아니냐?

번쩍

아니다.

아니구나!

잘 먹고 잘 싸는 것 같은데
영양소는 다 복부로 가나 보다.

아니 너어는 그걸 혼자
다 처먹으면 어떡하냐?

호록

주인 닮았다

슬프게도 이게 내 인생

거기다 기립성 저혈압도 있는데,

이제 슬슬 들어가 자야겠구먼

나도 씻어야겠다

난 똥 싸야겠다.

안 됨 화장실 내가 선

에헤이 선픽이요

이것은 유전으로 보인다.

뭐야 칼군무야?

신인 혼종 그룹 '휘청'

기립성 저혈압은 장시간 낮은 자세로 있다가
갑자기 일어서면 잠시 의식이 흐릿해지는 증상으로

재가 저렇게 게으르다

심한 경우 기절까지 이르는 경우가 있는데

슬프게도 이게 내 인생

그게 나다.

갖가지 한다

오늘은 기절에 관한 이야기

어렸을 때 발가락에 큰 사마귀가 나서 레이저로 뽑은 적이 있었다.

많이 아팠을 텐데 아이가 참 잘 참네요~ 울지도 않고~

아이고 울어도 괜찮은데 왜 참았어~

울면 고추 떼지니까!!!

없는 고추가 소중했던 어린이

집에 돌아온 후 약을 발라야 해서 발가락에 붕대를 풀었고

약 가지고 올게 잠깐 있어

넹

슬프게도 이게 내 인생

그때 사마귀가 있던 자리에

우와…

엄청 큰 빵꾸가 났넹

눈을 뗄 수 없었다.

어…엄청 깊고
빨간 동굴이…

내 몸에 있어…

왜지
속이 안 좋…

울렁

울렁

울렁

…닭

꺄아아아아악!!!

이것이 내 인생
첫 기절의 기억.

엄마는 기절한 나를 보고 엄청 놀라셨다.

일어나!!
정신 차려 딸!!

우웅…

히히 안 아파

다행히 몇 시간 뒤 아무렇지도 않게
일어나서 안도하셨다고…

우웅
잘잤따…

근뎅
왜 볼이 아푸징?

모르는 척

이 사건 이후 나는 잊을 만하면
터무니없는 이유로 정신을 잃곤 했는데

수두 때문에 몸에
약 바르다 배 까고 기절

이빨 뺀 부분
거울로 보다가 기절

장식장 무릎으로 깨고
피난 거 보고 기절

박스로 집 만들다
손 베여서 기절

그렇다 보니 부모님이 걱정을 많이 하셨다.

흥흥~
빠와빠쁘걸~

애가 편식도 잘하고
약해서 걱정이네….

그래서
보약을 지어주셨다.

이잉…
이상한 냄새 나는데
먹기 싫엉….

안 돼 다 마셔야 해!
몸에 좋은 거야~
다 먹으면 사탕 줄게!

근데 다 토함.

쁘ㅔ에에에에액!!!

*자체 심의하였습니다

미식가

비싼 걸 토했다고
뒤지게 혼났다.

그리고 입맛이
노인인 오빠가
그 한약을 다 먹고

괴식가

과한 영양으로
발만 커졌다.

호빗

어찌 됐든 일상생활에 크게 지장을 주진 않아서 신경 쓰지 않고 지내왔다.

기절하고 일어나면 개운한걸!

개꿀잠

끼요오옷! 고깅!!! 근데 콜라는?

없는딩?

하지만 그날은 달랐다.

고기를 먹는데 탄산이 빠지면 쓰나! 기름질 땐 까르끄롬하게 쏙쏙 닦아줘야 대는데!!

너 씨 미성년자가 그걸 어떻게 알아

나가서 후딱 사 와야겠고만!!

싹수가 노랗다

슬프게도 이게 내 인생

인내심이 없었던 나는 엘베 대신
계단으로 내려가기로 결심하고

고기가 익기 전에
다녀오겠다!!!

저놈이 오기 전에
다 먹겠다!

자존심 강한 두 돼지의 대결

신나게 몸을 던졌는데

*위험. 젊음을 믿고 나대지 마십시오

헛딛었다.

앗. 역시?

삐끗쓰

껙!!!

그렇게 계단에서
화려하게 굴러

아나 진짜

정신을 잃고 말았다.

 슬프게도 이게 내 인생

잠시 후 나는 정신을 차렸고
미션을 위해 일어나 슈퍼로 향했다.

헛 시간이
얼마나 지난 거지?

고기 먹어야
되는데!!!

빨리 콜라
사러 가야지!

미션 임파서블

계산 중에 캐셔의 눈빛에서
이유 모를 두려움을 느꼈는데

저어… 3,290원
입니다…

어… 여기여

왜 저렇게 보지,
안 잡아먹는데;

눈치

우리 애는 안 물어요

그 이유를 엘리베이터
거울을 보고야 알았다.

피칠갑을 하고 있었음

그리고 고기는
다 사라져 있었다.

어느 날은 보건소에
예방접종을 맞으러 갔다가

역시 정신을 놓고 말았다.

으… 뭐지
시끄러워….

간호사님의
격렬한 환영 인사를 받았다.

드디어
정신을 차리셨군요!!!

…제가 선택받은
용사인가요?

정신 차리니 이 세계엔 내가 용사?

슬프게도 이게 내 인생

알고 보니 많은 사람들 앞에서 주사를 맞다가 쓰러지는 바람에 오해를 사버린 모양이었다.

선생님 환자분 깨어나셨어요!

입원실

으

앙

주사를 기절할 만큼 놔 불면 어케 헌대!

의사 냥반이 잘못혓구만!

뜻밖의 여론 악화

왠지 변명을 해야 했다.

아녀 이것은 선생님들의 잘못이 아니라!!!!

제가 가끔 정신을 탈부착해서!!

쩌렁

쩌렁

그래서 그런 겁니다!!

스스로 정신 놓고 다닌다고 소리치는 사람

그렇게 소란이 마무리되었을 때
의사 선생님과 상담을 했는데

아이고
당황해서 혼났네

선생님 저는 왜
기절을 자주
하는 걸까요?

미주신경성
실신 같아 보입니다.

미주
뭐시요?

근본부터 쫄보였다

쫄보에 이기적이기까지!

새로운 사실을 깨닫고 말았다.

27화 ✖ 비하인드 스토리

원고 중 간호사에 대한 지식이 부족하여
머리에 캡을 씌웠었는데

사실 사라진 지 오래라고 한다.

비효율적이라 사라졌다고 합니다

그래서 출판에는 없는 것으로
수정하게 되었다.

그릴 때 좀 생각하고 그렸어야 했는데
무지한 작가라 죄송합니다.

028

상사 복의 중요성(1)

훈훈했던 조별 과제의 기억

이 둘은 졸업하자마자
한 악명 높은 회사에
동시 취직하게 되는데

슬프게도 이게 내 인생

벌써 빤스런 각 재는 중

왜인지 근육량이 늘었다

슬프게도 이게 내 인생

행동과 언행이

옛날 사람 그 자체였다.

휴먼, 지금은 2020년입니다

그는 친한 사람이 별로 없어서 그런지
사원들에게 친한 척했는데

직급 차이도 있고 친해지는 건 무리인지라
그들은 정중하게 거절하곤 했다.

클럽이 가고 싶었던 43짤

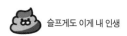
슬프게도 이게 내 인생

하지만 그도 만만치 않았다.

난 솔직한
아이들이 좋아
너 맘에 들었어!

짱!

맘에 들어 하는 게
묘하게 빡치네….

오랫동안 프리랜서로
혼자 일했던 그는 대화가 그리웠는지

저희 오늘 회의
몇 시까지 하나요?

회의하는 걸 좋아했다.

나 오늘 너네 집에 안 보낼꺼뎅?ㅎ

회의는 원래 시간 정해놓고 하는 거 아니야~

사람도 죽을 때를 정해놓고 죽진 않지….

해가 지고 있어 해가 지고 있어….

안 돼 상사는 패면 안 돼 진정해

으득

개빡침

슬프게도 이게 내 인생

일은 하기 싫어하고,

이거 3분의 1정도만 도와주라~
나머지는 내가 할게><

3분의…

1…?

이 시대의 솔로몬

좀만 늦으면 바로 전화 오고

지금 어디야!!
빨리빨리 안 다녀?

지금 회사 앞입니다!

아 씨 겨우
1분 지났는데!

그래 놓고 본인은 30분씩 늦게 왔다.

내로남불

연차가 낮은 사원에게는
꼰대 짓까지 하기 시작했다.

왜 저렇게까지 아는 척을 하고 싶은가

슬프게도 이게 내 인생

지독한 그에게 지쳐갔지만
그래도 버텨냈다.

뇌트워크

다음 날 아예 같은 팀으로 인사 발령이 났다.

슬프게도 이게 내 인생

사람이 어쩜 알면 알수록 근본이 없지?

어쎄신인가

잠깐 저랑
이야기 좀 하실래요?

…?

사건의 전말은 이랬다.
연차가 차이 나는 사원들끼리
스스럼없이 친하게 지내자

도기 씨,
또 허언증! 대박!

ㅋㅋㅋㅋㅋ

앜ㅋㅋ 아니에요
진짜라니까욬ㅋㅋ

슬프게도 이게 내 인생

꼰대 마인드와 부러움에 분노한 전 팀장이
막내 사원을 따로 불러서 이간질을 시킨 것이다.

걔네들이 너 2년 차 주제에
선배한테 버릇없게 말한다고
나한테 그러던데

너는
어떻게 생각해?

선배님들 제가 잘못한 게
있다면 말씀해주세요!!

그 이후
하루 종일 마음고생하다
말을 꺼내게 되었다고.

고치도록
노력할게요!!

ㅠㅠ저는 전처럼 선배님들과
친하게 지내고 싶어요

결국 인내심이 바닥이 되었다.

다음 날
업무 분담 회의.

잠시만요 팀장님.
이 회의 의미 없는 것
같습니다

뭐?

업무 분담해봤자
팀장님 일은 저희한테
다 시키잖아요

분노 예열 중

야 내가 너희들
배려해서 최대한
일 안 가져오는 건데

너희 요즘 나한테
맘에 안 드는 거 있지?
불만 있음 이야기해!

팀장님이 하라고
하셨습니다….

원기옥을
터뜨리게 되었다.

어… 우리말로
하는 거 맞지?

목숨은 살려주는 거지?

슬프게도 이게 내 인생

저희 자꾸 사적으로
간섭하시는 것도 싫고

업무 분담 불공평하게
하시는 것도 싫습니다

그리고 얼마 전에 저희
이간질하신 것도 다 압니다!!

어떻게 그러실 수 있습니까!

그… 그럼 내가
고치지 뭐~ 됐지?

아뇽~
안 고쳐질 거
같은데용~

전에 말씀드린 적 있었는데
전혀 안 고치셨잖아요~

정답!

그렇게 그날 회의는
빻은 말과 함께 마무리되었고

알고 보니 팀장은
원래 비흡연자였는데
회사의 높은 사람은 대부분
흡연자인 걸 눈치채고

담배를 배워서는 담배 타임 때
자기 팀원들 험담을 한 것이다.

개빡침2

 슬프게도 이게 내 인생

다음 날

야 너희들 나랑
다시 일하고 싶다 그랬다며~

이제 반성한 거야?

야 내일 사장실
문 부수고 들어간다

다시 태어나도 저 사람이랑
일 같이 못하겠다

그렇게 유예기간
단 하루 만에 팀을 바꿨다.

029

상사 복의 중요성(2)

첫 번째 팀장을 몰아낸
지옥의 스쿼드

쟤네 팀장 맘에 안 든다고
사장실 문 부시고 팀 바꿔달라 그랬대
요즘 애들은 무서워~

여기 항정살
추가요!!

쟤들만
무서운 거 같은데

저러다 가게도 씹어먹겠네

그들 앞에
등장하는
새로운 팀장!

내일 새로운
팀장님 오실 거예요!

슬프게도 이게 내 인생

과연 이번에는 괜찮은 사람일까?!

첫 번째 팀장 이후 전투력 맥스 상태

그는 입사하기 전 소문이 무성했다.

괜한 걱정이라는 평가를 들었다

그래서 처음 팀장을 만나는 회의에
그들은 조금 긴장한 상태였는데

이분이 새로 오신
이 팀장님이십니다

슬프게도 이게 내 인생

첫인상이 강렬했다.

안녕하세요~

광대버섯이다.

독버섯이다.

패션 센스가 치명적인 편

제가 아침을
안 먹어서 그런데
과자 좀 먹어도 될까요?

네네!
편하게 드세요.

절반은 먹고
절반은 가루로
만들어버렸다.

과자를
갈아먹네….

먹는 의미가
있나….

다 흘리네

199

그날 저녁

평범하게 야근 중

이 팀장님
아직 안 가셨네?

첫날이라 일도 없을 텐데
왜 퇴근 안 하셨지?

기웃

기웃

뭐 하시는지
살짝 볼까?

슬프게도 이게 내 인생

메신저로 전체 사원들 얼굴을
한 명 한 명 뜯어보며 평가하고 있었다.

정성 들인 혐성짓

다음 날

저 이 팀장님이 누구신가요?

잠시 자리 비웠는데 무슨 일이세요?

저는 경영 지원팀에서 왔는데 갑자기 저녁 먹자고 연락이 와서요

어제 야근한 이유가 이거였구나!!

추근대기 위한 빅 피쳐

부담스럽다고 전해주세요…

입사하자마자 부서 망신을 시켰다.

네… 죄송합니다…

왜 수치는 나의 몫인가

슬프게도 이게 내 인생

이렇듯 그는

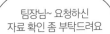

팀장님~ 요청하신
자료 확인 좀 부탁드려요

아 거참
팀장님 팀장님!!!

잘생긴 얼굴을 사랑했다.

응? 뭐라고?

회사에선
일 좀 해라 제발

불혹의 이모 팬

알고 보니 모든 굿즈를 모을 만큼
한 아이돌의 진성 팬이었는데

왜 팀은 5명인데 햄버거를
매번 3개만 사 오시는 거야

아니 그냥 2개
더 사주면 안 됐나

3개 이상부터
포토카드를 준대용

아 그래서 최근
맨날 사 오신 거구나…

슬프게도 이게 내 인생

그날은 갑작스럽게
반차를 쓰고 사라지셨다.

반차 쓴 건
문제가 되지 않지만

일을 내팽개치고 갔다.

트롤링

와중에 팀장이 해놓은 것도 엉망이라
처음부터 다시 해야 하는 상황.

소문은 소문일 뿐이었다

슬프게도 이게 내 인생

그래서 본인 일도 아닌 사람들이
새벽까지 그 일을 하고 갔는데….

다음 날 그의 SNS에
콘서트 간 사진이 업로드되어
모두의 분노를 사게 되었다.

세상 열심히 일한 척해서 더 가증스러움

또한 그는

도적인가??

어? 책상에 있던 제 사과 못 보셨어요?

다른 사람 책상에 먹을 것이 있으면 주인이 누구든 그냥 막 집어먹었다.

아까 팀장님이 가져가시던데요…

프로 파밍러

뇨니 씨는 의자가 참 좋네…

팀장님이랑 똑같은 의자인데요…

그런 그는 최근 새로 바꾼 뇨니의 의자를 탐내곤 했는데

애는 왜 맨날 나한테만 와서 이러냐

내 의자는 별론대에에~ 뇨니 씨 의자는 새거고 좋겠네에엥에에~

그럴 때마다 본인의 의자가 별로임을 어필하더니

어쩌라는 거지;;

뇨니가 여름휴가를 간 틈을 타
의자를 훔쳐 갔다.

믿기 힘든 그의 행보

그러곤 하루도 빠짐없이
의자를 매일 닦는 이상행동도 보였다.

크리피

하지만 의자의 주인이 돌아와
이 변화를 눈치채고

이 의자는…
내 것이 아니야!
내 엉덩이가 기억하지!

으음… 아니구먼
승차감이 영 아니여!

뇨니의 엉덩이_예민함,
푹신하지 않으면
오래 못 앉는 편.

엉믈리에

메신저로 범인을 추격하였고

범인은
이 안에 있다!

의자 바꾼 분

어딨냥?

내 의자

오 왕년에
청산도 좀 쳐보신?

따바박

한컴 타자 수재

211

범인이 이 팀장인 걸 알게 되자
그동안 쌓였던 불만이 폭발하게 되었다.

역시 전부터 탐내더니
그걸 바꿔치기해?

어쩐지 메신저도
읽씹하더라니

맨날 과자도
훔쳐 가고!

업무 시간엔
일 안 하고 덕질이나 하고!

아니 어른이 돼서
애들 걸 훔치고 다녀요?
얼른 돌려주세요!!

분노한 뇨니는
부장님께 그의 도벽과
평소 태도를 알렸고

크큭…
꼴좋구만…

아니… 의자가
다 거기서 거긴데…

그렇게 크게 혼난
이 팀장은 매우 투덜대며
의자를 돌려줬다고….

거기서 거기인 의자를
대체 왜 훔치냐고요….

슬프게도 이게 내 인생

팀장은 일을 못해 클라이언트들의
분노한 메일을 자주 받았다.

팀장 회의는 매번 도망을 다녔다.

그러던 어느 날
사장실로 호출되더니

이 팀장님, 사장님께서
잠시 부르십니다.

한동안 면담을
받고 나와서

사장실

사무실에서 폭풍 오열을 하고는

으어어어어어어어어아아

아씨 폐활량도
좋네

흐어엉어어어어어어어어

소몰이 창법

다음 날부터 나오지 않았다.

매번 이상한 사람만 뽑는 회사에
다시 한번 미래가 없다고 깨달은 그들이었다.

이 시리즈를 위해 이 세 명을
동시에 인터뷰했어야 했는데

인터뷰하는 그날 하필
연봉협상을 한 날이라

다들 기분이 안 좋아서
으마무시하게 무서웠었다.

셋 다 인상이 센 편이어서 더 그랬다

덜덜 떨면서 인터뷰했다…

DAUM WEBTOON × 더오리진

053

슬프게도 이게 내 인생 03

1판 1쇄 인쇄 2020년 7월 13일
1판 1쇄 발행 2020년 8월 12일

지은이 슬
펴낸이 김영곤   **펴낸곳** ㈜북이십일 더오리진
오리진사업본부장 신지원
책임편집 손유리   **웹콘텐츠팀** 이은지 홍민지 최은아
마케팅팀 황은혜 김경은
디자인 이아진, 프린웍스
영업본부 이사 안형태   **영업본부 본부장** 한충희
오리진 영업팀 김한성 이광호   **제작팀** 이영민 권경민

출판등록 2000년 5월 6일 제406-2003-061호   **주소** (우10881) 경기도 파주시 회동길 201(문발동)
대표전화 031-955-2100   **팩스** 031-955-2151   **이메일** book21@book21.co.kr

(주)북이십일 경계를 허무는 콘텐츠 리더

아르테팝 채널에서 도서 정보와 다양한 영상자료, 이벤트를 만나세요!
페이스북 facebook.com/21artepop   **트위터** twitter.com/21artepop
인스타그램 instagram.com/21artepop   **홈페이지** artepop.book21.com

ⓒ 슬, 2020

ISBN 978-89-509-8838-8